16	3	2	13
5	10	11	8
9	6	7	12
4	15	14	1

ALBERTO MARTINS

A HISTÓRIA DOS OSSOS

precedida de
O CÃO NO SÓTÃO

editora■34

EDITORA 34

Editora 34 Ltda.
Rua Hungria, 592 Jardim Europa CEP 01455-000
São Paulo - SP Brasil Tel/Fax (11) 3816-6777 www.editora34.com.br

Copyright © Editora 34 Ltda., 2005
A história dos ossos © Alberto Martins, 2005

A FOTOCÓPIA DE QUALQUER FOLHA DESTE LIVRO É ILEGAL, E CONFIGURA UMA
APROPRIAÇÃO INDEVIDA DOS DIREITOS INTELECTUAIS E PATRIMONIAIS DO AUTOR.

Imagens da capa, pp. 8-9 e 34-35:
Xilogravuras do autor, 2004

Capa, projeto gráfico e editoração eletrônica:
Bracher & Malta Produção Gráfica

Revisão:
Cide Piquet
Iuri Pereira

1ª Edição - 2005

Catalogação na Fonte do Departamento Nacional do Livro
(Fundação Biblioteca Nacional, RJ, Brasil)

Martins, Alberto
M386h   A história dos ossos / Alberto Martins —
São Paulo: Ed. 34, 2005.
72 p.

ISBN 85-7326-328-8

1. Ficção brasileira. I. Título.

CDD - 869.93

A HISTÓRIA DOS OSSOS

O cão no sótão
    Prólogo 13
    Ensaio 19
    Epílogo 33

A história dos ossos 37

O autor agradece a Bolsa Vitae de Artes concedida em 2003.

O CÃO NO SÓTÃO

PRÓLOGO

Pouco depois de chegarmos a São Paulo meu irmão mudou-se para o quarto dos fundos, separado da casa por um quintal de cimento. Dentro, ficamos eu, a mãe e uma tia que viera ajudar no trabalho doméstico, naqueles dias em que o nome do pai era impronunciável entre as nossas paredes.

O quarto, que minha mãe havia entulhado de material de limpeza e sobras da mudança, fora usado pelo inquilino anterior como laboratório fotográfico e, antes ainda, como oficina de encadernação. Tinha as paredes pintadas de preto. Nos cantos, amontoavam-se bacias de plástico, pinças, tesouras, escovas, um prelo, panos velhos, baldes e latas de cera. O irmão não se importou com nada daquilo. Deitou um tampo de porta sobre dois cavaletes e passava horas escrevendo.

De dia, ainda me deixava entrar e remexer naquele entulho. Às vezes, ele também tomava parte nas buscas. Descobríamos prendedores de papel, faquinhas de osso e penas de metal que ele examinava com o cuidado de um arqueólogo. Eu tentava esticar ao máximo aquelas visitas desviando a conversa para a literatura, único assunto que o apaixonava no momento. Ele falava então de alguns poetas franceses, que eu conhecia de orelhada. Escrever não era seu projeto para a vida inteira, dizia, só para a primeira metade. Se conseguisse escrever uma única página verdadeiramente viva — era assim que ele se expressava — a segunda parte de sua vida se cumpriria na mais absoluta, imprevisível e irremediável liberdade.

Quando a mãe o recriminava pelas noites em claro, ele respondia de maneira um tanto empolada, dizendo que a noite era o único período propício para a atividade da escrita, as longas horas do dia não passando de uma insossa preparação para o acontecimento noturno.

Dois meses depois da mudança o irmão deu de fazer as refeições sozinho, no quarto. Fora esse momento em que lhe entregava o prato e entrevia seu vulto pelo vão da porta, eu raramente o encontrava. Mas sua presença inundava a casa nos gestos interrompidos da mãe e da tia, nas conversas que terminavam quase sempre em interrogações vazias: "Já jantou?", "Alguém falou com ele hoje?".

Agora que tantos anos depois reviro outra vez estes papéis, lembro de encontrá-lo também de madrugada, na mesa da cozinha. Mas então não falávamos quase nada. Roíamos calados pedacinhos de pão borrachento enquanto os ruídos da geladeira conversavam por nós.

A mãe, que tinha antecedentes, passou a ver com temor aquela atração desmedida do filho pela escrita. Em maio, duas semanas antes do aniversário do irmão, ela o chamou para uma conversa. "Não só as notícias de teu pai são escassas, mas também o dinheiro. Você que gosta tanto de escrever, sua tia arranjou-lhe emprego num escritório."

No início, todos achamos que aquele rapaz desregrado, que trocava com freqüência o dia pela noite, não agüentaria a rotina do emprego fixo. Mas para nossa surpresa o irmão mostrou-se bastante metódico e disciplinado. Tinha realmente o tino para lidar com papéis. Trabalhava num cartório anexo a uma firma de advocacia e em suas mãos nenhum processo mergulhava incólume nas gavetas. Naquele mundo em que ainda não existiam computadores, o irmão inquiria cada folha de cima a baixo, riscava, tomava notas das formulações duvidosas, repassava-as para memorandos que em seguida remetia aos superiores.

Com tanto esmero, era natural que acabasse chamando a atenção e, de simples arquivista, passou logo a outras tarefas. Seis meses depois já redigia de punho próprio esboços de contratos, pareceres, petições. Para não perder tempo deslocando-se entre a casa e o trabalho, obteve as chaves e informou à mãe que passaria a dormir no sótão da firma. Em casa, o orgulho não podia ser maior.

Quando finalmente o visitei no trabalho, constatei que aquela vida de escritório de fato lhe caía bem. Ocupava sozinho uma sala no andar de cima, com entrada independente. Não era mais o rapaz de gestos contidos, que passava a maior parte do tempo entocado no quartinho dos fundos. Sentado à mesa de serviço, sua figura adquiria mesmo certo porte. Os gestos magros, escavados no corpo, agora se desdobravam juntamente com as folhas de papel que ele ordenava em pastas à minha frente. Sem me dar muita atenção, perguntou o que eu fazia ali. Eu vinha de casa. Trazia roupa lavada; podia vir algumas vezes por semana, se quisesse. O irmão hesitou um segundo mas juntou um saco de roupas sujas e me deu. O trato estava feito.

Nós morávamos em Pinheiros. Dia sim dia não, por incumbência da mãe, eu subia sem pressa as ruas do bairro até o vau da avenida Sumaré, recém-aberta. De lá, tocava para a ruazinha estreita de Perdizes, onde o irmão trabalhava. Levava comigo um caderno de desenho e muitas vezes me perdia na volta, no sobe-e-desce da Pompéia. Matava o tempo desenhando a fiação dos postes, as esquinas caladas, uma casinha com luz brilhando atrás dos vidros, as sombras das árvores dançando na calçada.

O que eu não contei à mãe foi que, ao final das primeiras semanas, outra mudança começou a se operar no irmão.

Dessa vez ele me recebeu sentado a uma grande mesa de madeira escura. Mas em vez da limpeza que eu notara nas visitas anteriores, o tampo agora estava coberto de todo tipo de arquivos, alfinetes, pinças, clipes, grampos e uma infinidade de quinquilharias sem nome. Disse que fora incumbido de pôr ordem no arquivo morto, que nenhuma empresa podia prosperar sem ordem no arquivo morto.

Embora tentasse ser gentil e explicar o que iria fazer com aquelas pilhas de documentos imprestáveis, o irmão já era outro. Perseguia uma idéia, perdia-a; engasgava num silêncio prolongado. Voltava à superfície, só para se calar mais adiante. A pele branca brilhava de suor. As mãos giravam nervosas uma barrinha de metal. Durante toda a visita, não se ergueu uma única vez. E volta e meia os olhos derrapavam num canto da sala: lá, deitado num colchonete, as orelhas em pé, um cachorro magricela seguia atentamente cada gesto do irmão.

Quis explicar o que o cão fazia ali, mas outro assunto tomou a dianteira. Febril, disse que vinha mudando suas idéias acerca da escrita, acerca da literatura. Agora que tinha que zelar pela transcrição exata dos autos, via que todos os processos haviam se originado na palavra, na palavra falada, ele disse. Por isso estava concebendo uma peça. Uma peça para teatro — como se eu não tivesse entendido —, um monólogo a muitas vozes.

Tomei aquela conversa como sinal de um momentâneo descontrole mental. Mas o que é que eu podia fazer?

Desordens mentais passageiras eram quase uma norma na nossa família e nunca tinham levado ninguém ao desatino completo. Na juventude, um primo de minha mãe acreditara durante semanas que era capaz de controlar o tráfego das ruas com um simples sinal de cabeça. Anos depois fez fortuna na bolsa e ninguém se lembrava disso.

Na visita seguinte, o irmão estava muito ocupado. Pediu que eu deixasse as coisas ao pé da escada e fosse embora. O fato se repetiu algumas vezes e compreendi que ele não queria mais encontrar-se comigo. Para não perturbá-lo, fiz uma cópia da chave. Ao longo da semana, ficou claro que aquele emaranhado de vozes indistintas que eu ouvia lá de baixo não passava de um monólogo ensaiado. O irmão trabalhava em sua peça, não queria ser interrompido.

Numa tarde, ao me curvar para depor a muda de roupa no pé da escada, aproximei sem querer o ouvido do corrimão. Com nitidez espantosa, ouvi cada sílaba que o irmão proferia, vibrando nas tábuas, saltando de degrau em degrau. No impulso, tomei o caderno de desenho que carregava comigo e, dobrado sobre o primeiro degrau, me pus a transcrever cada som, cada gesto, cada risco que saía da voz do irmão.

Fiz isso sem contar a ninguém por vários dias seguidos. Lembro que a certa altura não ouvi mais vozes. Juntei as forças e toquei para casa. Exausto, passei o resto do dia feito um zumbi e no início da noite tive febre.

Na tarde do dia seguinte, a mãe me despertou com a notícia.

ENSAIO

*[Quarto abarrotado de livros.
O rapaz sentado à mesa fala]*

— ... arre! Ainda uma voz por aqui? Se há retardatários, que se aproximem. Sou um homem franco, disponível para o diálogo. Sobre o que gostariam de conversar? É um belo início para este ato, não? Já vêem que estão a falar com alguém tranqüilo, que nenhum mal poderia causar. Deixam os ouvidos soltos e também a língua... Sim, que as línguas falam conforme o ouvido. Mas não quero entabular um ramerrame que os fatigue. É melhor escolhermos um assunto e conversarmos a respeito em seguida.

Não querem sentar-se? Tão abafado este auditório.

Ordem! Ordem na discussão! Cada um que se comporte e respeito à voz do próximo. Do próximo, ouviram bem? Ó rabichos, rabiscos e patas, se ninguém toma a palavra, ela me toma. Tenho uma boa história, mas falta-me o saca-rolhas... Como? Um anfitrião jamais recua ante seus hóspedes... É uma boa história. Não fosse o fato de que não recordo quem feriu a quem nem por quê, eu a contaria de bom grado.

Mas deixemos a história de lado.

Notaram como estou aprimorando meu estilo? Na cátedra, falar bem é imprescindível. Já não engasgo a cada sentença e posso conduzir falas inteiras sem perder o osso do raciocínio. Do raciocínio! Isso sim é um bom signo... Modéstia à parte, que excelente jurista!... No tribunal, fico muito bem de paramentos, sou perito em falar línguas e assombrar os demais — mas basta! Basta de teatro. Já converteram este sótão num auditório para curiosos... Que o esvaziem de novo! E fechem bem a porta! Para passar a limpo estes autos, preciso estar só como num poço.

[*silêncio*]

Pensar, pensar-se, estar penso — quanto exercício neste exercício... Mas o que é isso!? De todos os meus auditores, quedou-se um. Quedou-se uma cauda... E posso ouvir-lhe a respiração... Não, não é uma cauda! É um cão — e como se abana! Avante, animalzinho. Queres escutar o solilóquio de um sozinho? Ótimo. Alguém que vive do ócio como tu será o melhor ouvinte à minha exposição. Afinal, não há nada que estimule tanto um homem a falar quanto um discreto e dissimulado espectador. Por isso, acomoda-te num canto enquanto me apresento.

Sou escrivão de província, ó cão. Tudo o que faço é ler, reler artigos, raramente alterar um título... Vês as pilhas de processos sobre a mesa? As estantes que mal suportam o peso dos arquivos? Pois dizem que esta empresa foi erguida sobre as ruínas de um curtume. Daí os ganchos, o encardido das tábuas... Vê esses autos, por exemplo. A tinta foi secando em crostas, cheia de guinchos e borrifos, como se tivessem espetado a pena no corpo de um animal ainda vivo... E o mau cheiro então? Antigamente cada página era trabalhada como um templo, hoje mais parece os dejetos de um curtume: a pele fora dos ossos, odor de carniça por toda parte... Tal como se encontram esses autos nunca chegarão a ser um livro — têm as bordas inchadas, os miolos estourados. Quem os escreveu estava à beira do colapso.

Mas por que lates?

Ai, cão, por que não te calas? Com latidos e rosnados, não poderei ir muito longe. Como? Tens fome?... Ah, vês a pilha de ossos ao pé da mesa? Essa mesma. Abocanha-os e enquanto mastigas hei de inventar-te uma outra história.

> "Os primeiros antropos eram nômades e andavam pelas planícies apedrejando os monos e as cabras, derrubando o que a mão alcançava e levando à boca. Um dia um tomou uma pedra e a levou à boca. Ao invés de comê-la, quebrou os dentes. Daí cuspiu, grunhiu, vomitou — e fez-se a fala! Nessa hora, o antropóide se fez homem: quando aprendeu a ferir-se e a ferir os outros a distância.
>
> Desde então os homens passaram a guardar suas palavras nas pedras. Mais tarde, deixaram as pedras e domesticaram as cabras, ai!, cuja pele foi esfolada e posta ao sol para secar. As cabras, que de tanto ruminarem acabaram transformando suas entranhas num vasto rúmen ininterrupto. Rúmen, pele, papel! Ergue um pergaminho — vês que ficaram manchas contra a luz? É o sangue que se entranhou na hora da matança. Ai! Quantos mortos, quantos escalpelados, até que se erguessem as leis e os impérios!

Mas os ancestrais erraram confiando às cabras o segredo da fala. Pois a recusa é o sinal dos ruminantes e, cedo ou tarde, os caprinos acabam desfazendo aquilo que acertaram. Com o tempo, as palavras tomaram o hábito das cabras e passaram a viver longe dos homens, enclausuradas. Hoje só se encontram esses animais vivendo em escarpas, labirintos, entranhas da terra ou altos picos. Lá onde pastam os caprinos, ruminando os detritos que há milhares de anos os homens vêm inventando."

Eeehhhh, por que rosnas? Não te agrada isso de cabras e ancestrais? Ora, cão, era apenas uma fábula, um epitáfio. Anda, pára quieto! Não consigo falar um segundo sem que esse cão me confunda. Ó quatro-patas, o que é que procuras, correndo assim em círculos com a língua atrás da cauda e a cauda atrás da língua?... Saiba que um hóspede com quem não se pode conversar é bastante incômodo... Como? Não ouvi bem. Tens a língua travada?... Mas que queres que eu faça? Ah, o osso que mascavas parou na garganta... Calma. Relaxa as mandíbulas... Isso. Agora destrava a língua. Pronto!... Vês como sou prestativo? Assim se travam as conversas entre vizinhos. Agora pára de latir e acomoda-te num canto. Já inventei uma fábula, já inventariei este sótão e ainda não sei a que devo esta visita.

[*silêncio*]

Como?

Há um erro nesses autos?

Por isso me vigias? Ora, cão, mas que temos nós com vidas antigas?... Entendi, era teu dono... mas e eu com isso? Não posso passar meus dias entre ossos e manuscritos, corrigindo os erros de uma memória que não me pertence. Além do quê, que há de tão horrível num erro? Uma vez impresso ele se reproduz por alguns milênios; depois, como tudo o mais, será extinto... Acredita, ó cão, errar é imprescindível. Não existe no mundo um texto isento — as próprias línguas cultivam seus erros aos milhares.

A propósito, sabes de que é feita uma língua, ó cão? Língua são os assaltos, os ataques, as pilhagens e os saques que durante milhares de anos um povo impinge a outro. Língua é domínio — e as marcas do domínio são os raptos. Por aí conheces a língua. Diz: desses manuscritos, quanto esperas que eu decifre? Devo ir e volver à pré-história das línguas? Ao tempo do nenhum alfabeto, nenhum arabesco; quando os ossos não ressoavam, nenhum animal raspava o calcário das cavernas e o mundo era mudo, mudo, mudo? Ó tempo da terra governada por urros, uivos e grunhidos! Ó cão, vê se entende: é inútil perguntar pelo início. Os signos são meteoros, asteriscos. Iluminam um milênio ou dois, depois são esquecidos. É inútil eternizá-los. A goiva, a pena, a faca, a ponta e o raspador são história passada. Toda a interminável noite da escrita está no fim.

Desde que o som se tornou pedra brotaram os hieróglifos, cunharam-se as moedas, instituiu-se o senso das medidas e as leis passaram a ser escritas. Só que, com o tempo, os hieróglifos cresceram oblíquos e obliteraram os sentidos. Os ouvidos deixaram de ver, os olhos de ouvir. Opacos desde então, embutidos na curva de um risco, os sentidos se exasperam na busca do primeiro ou derradeiro signo... Mas que desperdício de razão e de sentidos! Ó cão, os signos são todos perecíveis! E as palavras não passam de cascas de coisas que eram que foram que vieram se esfarelando na ladeira das eras até tornarem-se o que são — esta fala: gargarejo, cacareco... Por isso cada coisa que digo é o eco de uma coisa outra. Ó como se tornaram odiosos os signos! Milhões de dejetos incitando o homem ao que há de mais mesquinho — à inércia de servir!

[*silêncio*]

.

Ó cão, abandona toda idéia de justiça.

Neste escritório, posso ajudar os nomes a entrarem nos fichários, as fichas a caírem nos arquivos e estes a ocupar seu posto no fundo das estantes. Eventualmente, com alguma sorte, ainda posso desencavar para ti um bom pedaço de osso do meio dessas pilhas — mas não posso, definitivamente não posso, corrigir a autobiografia de alguém de que só ouvi falar depois de morto.

Anda, cão, esquece teu dono e deixa as coisas como estão. Não lhe agradam os abismos lacônicos? A cadeia de mortos-vivos que lhe fazem companhia? Então por que romper o concubinato? Por que ser um só e criar memória com nome próprio, lista de haveres e pertences? Ó cão, avisa teu dono: é mais cômodo habitar sempre em casa alheia. Anda, faz como os corais — esse caos de espécies em extinção que se alimentam somente do que é resto casca podridão e se fixam uns sobre os outros até construírem imensa comunidade de seres para quem a vida é apenas outra morna etapa da morte — tempo de se decompor, mineralizar...

Mas por que te revoltas?

Ah [*inaudível*] por uma fenda na rocha penetrou o fóssil, fugindo à avalanche do futuro, aninhou-se na pedra e preferiu esperar o fim dos tempos em sua forma primeva... Ó egoísmo das primeiras formas, tentativas inúteis de escapar à morte. Será este também o teu reino, ó cão-fantasma? Enterrado no lodo mudo, não te salvaste do terror nem alteraste o devir do mundo, apenas perdeste tua própria história... Por isso me persegues, cão antiqüíssimo! Teu dono quer voltar à vida e tem pressa em que eu reescreva os manuscritos.

Mas — por quem me tomas? Que homem daria a vida para saldar uma dívida contraída por um primo...? Anda, cão, escolhe um mais talentoso para o cargo e dá a ele a incumbência... Não!?... Não desistes!? Mas que queres que eu faça? Que me ponha a rosnar e ladrar a teu lado, uma cauda a me fustigar a cara e uma língua que arfa, arfa, arfa?... Ai, cão, cala-te!... Mas cala-te!... Que se insistires em ladrar, iremos nós dois a julgamento... Mas espera: julgamento!... É precisamente disso que tratam os manuscritos: dos autos de um julgamento ou de um julgamento autobiográfico... Das memórias um tanto austeras de algum implacável corregedor...

Muito bem! Agora que sei de que se trata, tenho pressa em dar cabo da tarefa.

Anda, cão! Vamos lavrar este auto.

Tenho pressa em ouvir as testemunhas. Réu, um passo à frente. Promotores, prontos para o bote? Réu, ó réu, um passo à frente... Mas o que é isso!? O réu está em falta. Se o réu perdeu o juízo, a quem iremos condenar?... Hmmm, toda boca tem dois lábios, deixemos um de lado e consideremos a pena, depois tratamos de eleger o réu... Trinta moedas!... Não, não me parece atual... Que tal um lento esmagamento sem possibilidade de prever o final? Ou então, para acabar de vez com os recursos de prazo, decretemos a pena de morte para o mortal; desse modo a sentença se irá cumprindo, persistente e democrática, variando apenas a hora, o local... Ah mas agora recordo, cão, falta-nos o mais importante. Falta-nos a culpa. E como quem fala sempre inventa uma culpa, o que nos falta é uma confissão.

Anda, cão, desafoga!

Ouvi de um crime horrível e sei que estás metido. Tu, quem eras? O assassino? A vítima? Ou apenas a ocasião propícia? Ou será o teu o remorso de um suicida? Sim, que só um suicida pode ser assassino e vítima ao mesmo tempo... Anda, deixa de rancor e fala, ó cão! Por que tão acuado?... Confessa — e damos este auto por encerrado. Hein?... Um pouco esquecido?... Puxa pela memória, na certa encontrarás alguma pista... Não!? Nada!?... Nenhuma pena, nenhum rasto...!? Ai, cão! À falta de coadjuvantes, encenarei a tua parte nesta farsa.

Pronto...!

De quatro patas. Começar!

Ai! Mais cuidado!... Não esmaga... Ah barra de ferro atravessada na garganta!... Afrouxa a coleira um instante... Queres que eu cometa o crime pela fala?... Mas como confessar um crime que não recordo ter cometido?... Ai, dentes da garganta!... Tu me querias vil? Serei o mais servil de todos... Me querias chão? Aprenderei a rastejar com os animais que não têm pernas, o tórax junto à terra, a respiração seca, rala... Ó cão, as orelhas baixaram, as mandíbulas cresceram, minha língua sua... Ó alto clero da minha culpa!... Tarde demais! Pensas que posso legislar a minha língua? Como tudo neste sótão, ela também não me pertence... Ah fissão, confissão!... Desejo de culpar, desculpar-se, sempre!... Então avança, ó língua, mete a alma entre os dentes e acusa a todos, que nenhum é inocente! Vai, cospe, vomita e descasca o que puder até que estejas tão tesa e seca quanto um osso... Até lá, late, late!... Mais! Mais! Mais! Mais!... Ó mais ilícito dos delitos! Ó verdadeira ânsia de mentir!... Agora entendes, ó cão, o que leva um homem ao desvario? Ó enlevo do rapto final!... Sou culpado e não possuo culpa alguma... Mas haverá prazer maior do que enganar a própria língua, confessar meia verdade e esconder o resto goela abaixo? Anda, cão! Passa a lâmina e ajuda-me a fazer a sangria desta língua que não suporto tê-la semiviva, semimorta, movendo-se como um animal esbaforido entre meus dentes... É melhor que lhe cortemos a cauda, pois esta língua, de tanto debater-se entre o chão e o céu da boca, criou caudas, crinas e patas... Ai como incham as gengivas... Ó uivo de saliva, catarro e sangue — que bem me fazes!... Tantos dias sem me alimentar que, por instantes, a raiva de mascar a língua é soberana!... Julgas de mau gosto, ó cão? É verdade, tem um sabor horrível... Mas que se há de fazer? Quando se tem o corpo infestado de animais, não é justo eliminá-los? E se temos as mãos ocupadas, não é lícito procurar outros meios? Enfim, não comem os homens línguas de animais? Então — por que o escândalo? Que homem não engole um pedacinho de língua a cada dia? Pronto. Estou convencido. Não há nada de excêntrico em mastigar a própria língua. Além do mais, quantas mães não mastigam os filhos? E visto que a língua é mãe, que há de errado num filho que mastiga a sua?

[*silêncio*]

Ah língua da infância, muda de lembranças — por toda parte só areia, imensas e monótonas dunas de areia. Aqui a vida desistiu de existir e o tempo se reduz a um prolongamento do nada. Uma luz impenetrável incide sobre lagartos e pedras. Delas é que mais me aproximo. De dia entalam no calor do sol. À noite estalam sob rajadas de areia fria. Areia no vento é lixa — lâmina que penetra nas frinchas, incha, rabisca. Depois o vento sopra e seca áspero as feridas. As pedras se requentam e resfriam, até que um dia explodem enraivecidas... Ó cão, por que me trazes a um deserto desses? Aqui não há raízes, só ruínas. De quando em quando, no horizonte, as marcas de uma cidade destruída... — mas quem consegue decifrar?

Surdas, cegas, arrogantes, tartamudas — desde a era mais remota as pedras oscilam, ora lisas, ora cheias de rugas. Antes eram pura erupção contínua, prenhe de origens; hoje não passam de lápide de sepultura... Anda, pedra, desconta as idades: da polida, da lascada e detrás por diante... Mas a pedra é surda e se esquiva à pergunta mais simples — ó pedra, de uma vez por todas, responde — quem está dentro de quem? Tu conténs o vazio? O vazio te contém? Diz logo, a primeira inscrição em tua carne de pedra foi laivo de quem? Mão humana? Mão de símio?

Ai, cão, o relâmpago do primeiro risco durou um átimo, mas iluminou a história — cervos e lanças! Aquela mão sem nome acabava de inventar uma necessidade nova, a necessidade do animal no encalço de sua alma. Desde então já não importa o quê ou quem ou quando: o que torna um homem homem é estar sempre à caça, sempre em transe, sempre pronto a tomar posse de um cervo imaginário. Mas após milhares de caçadas, um véu cobriu a cena. O homem se tornou servo de um cervo e o cervo, senhor da imaginação. Das antigas caçadas restaram só os apetrechos

— riscos e pigmentos arremessados contra a parede vazia...
Ó cão, salta outra vez dentro do círculo! Salta no círculo eriçado de pontas! Salta! Para que eu possa atravessar a carne e o sangue e erguer nos ares esta lança!

[*silêncio — outras vozes ao fundo*]

Arre, cão hipócrita!
Nenhuma dessas histórias te comove? Então é só a mim que toca a memória desses autos?... Mas espera!... Suspende a pena um instante. Há tanto falatório... Como queres que eu recorde!? Antes me diz, de quem é o poço? De quem as cordas? De quem é o corpo balançando no escuro?... Ai cão, quando se amamenta alguém a vida inteira com pó de ossos, farinha de ossos, ossos puídos — como pode esse alguém penetrar no círculo dos mortos e distinguir algo além do esquecimento?
Ai língua da infância, muda de lembranças — o que é que tudo isso significa? Tanta areia e cinzas... e um cão faminto que abana a cauda entre os escombros!... Ó cão!... Então sou eu esse que se move de quatro entre os despojos, o focinho rente ao chão, farejando restos num festim de mortos!?... É meu este corpo!?... E serão meus estes ossos!?... Mas suspende a pena um instante.
Traz os fósforos.
Quero examinar de perto as marcas.

[*silêncio — as vozes continuam*]

Pode o pensamento tocar algo tão opaco, tão primo e precário quanto um osso? De perto é só uma carapaça de cálcio, fosfato... Mas contra um fundo escuro, ouves o barulho? Que um osso traz sempre outro atrás de si e se cavares bem fundo, ó cão, hás de montar o esqueleto todo... Sim! Até os destroços originais da criação... Vem! Encosta o ouvido nesta pilha. Ouves a combustão dos ossos!?... Não!? Mas eles estão cá dentro, percutindo a pele. Ó incrível arsenal de guerra, morte, miséria e celebração! Ó universo — máquina de desencavar os mortos de suas covas e fazê-los falar...

E tu, imbecil, compreendes afinal?

Os ossos são a matéria que há bilhões de anos a crosta terrestre vem calcando e refinando, calcando e refinando para legar aos homens como herança. Por isso, cão, cada um deles é um gesto inscrito em minha memória... Não te lembras das horas em que um homem gastou seu próprio corpo para riscar no chão o contorno de uma letra, o grito de uma estrela? Para isso se passaram as noites e os dias dos homens. Mas tudo isso para ti é vão e desperdício... Agora, ouve pela última vez: há um gesto a que homem algum pode renunciar. O gesto de erguer a própria dor e tombá-la sobre a cabeça do inimigo. Por isso, ó cão, aprende comigo — aprender a matar é imprescindível.

[*cessam as vozes ao fundo*]

Quando eu morrer e meus ossos se esconderem numa cova sob a terra, virá um animal urinar sobre esses ossos. Mas virá um homem para espantar o animal. Virá um segundo para comer dos restos, mas virá um homem para espantar o animal. E virá um homem para colher os ossos, fazer furos e soprar — pois bastam os furos, cão, três ou quatro furos e a corrente do ar soprando através para que os ossos virem flauta.

Agora, cão, raspa-te daqui!

Raspa — que este sótão é estreito demais para nós dois.

Traz os fósforos

EPÍLOGO

Na tarde do dia seguinte, a mãe me despertou com a notícia.

Quando cheguei, o fogo tinha consumido todo o imóvel. Começara no andar de cima, no quartinho dos papéis, em plena madrugada, e fôra rapidamente se alastrando pelas madeiras do forro, do piso, das vigas, dos caibros, do corrimão e dos degraus da escada. Até a mirrada primavera que crescia do lado de fora, junto à janela, não passava de um tufo carbonizado. De todo o escritório restava apenas o carvão — que se tornava cinza que se tornava pó que o vento soprava espalhando na calçada.

A HISTÓRIA DOS OSSOS

Dera infiltração no túmulo do pai.

O piso havia cedido e a laje de cima ameaçava tombar, travando de vez a portinhola e esmagando tudo o que se encontrava lá dentro. Silêncio do outro lado da linha. O homem retomou num tom agitado. É que junto com as obras de privatização do porto, a prefeitura ia reformar o antigo cemitério. Mais de seiscentos túmulos removidos. Uma quadra inteira transferida e o terreno arrendado para a armazenagem de containers. Falou sobre taxas de remoção e da possibilidade de reservar uma gaveta no muro novo que seria construído. Falou ainda mais alguma coisa, mas o ruído e o sotaque me impediram de apanhar o resto.

Desci três semanas depois.

O cemitério ficava no centro velho da cidade, perto do cais. Um quarteirão caiado de branco, cercado por casinhas decadentes. Lá atrás, os muros amarelos dos grandes armazéns e, mais acima, as formas escuras dos guindastes. À esquerda, destoando de tudo, uma enorme construção inacabada, folhas de alumínio reverberando ao sol, avançava sobre a rua e parte do cemitério.

Segui a alameda central e lá no fim, entre a capela e o escritório, entrei neste último. Esparramado sobre o balcão, o homem lia o jornal. As palavras enroladas num espanhol difícil, pediu nome e data de falecimento. Dei o dia aproximado. Voltou com um maço de talões amarrados a barbante. Pôs-se a examinar folha por folha. Não tinha um livro de registros? Tinha — mas o livro se perdera num incêndio. Sobraram os talões. Perguntou se eu achara o cemitério limpo. Que sim. O homem sacudiu a cabeça. Mas antes... era de se ver... Apontou as paredes recém-caiadas, a capelinha e a sala de administração restauradas. Logo ia atacar o resto. A prefeitura acabara de assinar um convênio. Iam informatizar tudo e acelerar as reformas.

Parou de falar. Os dedos numa folha do talão. Transferiu os dados para um papelzinho. Falara comigo ao telefone, não? Agora se lembrava. Do lado de fora, um homem gordo, de bermuda, coçava o pé numa cadelinha de tetas gastas. O espanhol disse alguma coisa. O de bermuda deu a volta por trás da capelinha e reapareceu com um balde e uma pá.

O homem continuou a falar no meio dos túmulos. Como a remoção era de interesse da Prefeitura, eu estava isento de taxas. Por outro lado, dera azar. O crematório deixara de funcionar três dias antes. Não entendi. Eu não poderia transferir imediatamente os despojos para o muro novo? Não — porque o muro ainda ia ser construído. Sim, mas poderiam ficar estocados em algum lugar até que. Não — porque no muro a ser construído só haveria pequenas aberturas para urnas. Isto é, para cinzas. Mas então? Ele ia me dar o endereço do crematório da cidade vizinha. De carro uns trinta, quarenta minutos, no máximo. Funcionava até as seis. Se desse entrada no material até as duas, podia ser que tudo ficasse pronto na mesma tarde. Se não, estaria pronto no dia seguinte por volta das dez. Se eu não pudesse buscar, bastava preencher uma autorização e eles se responsabilizariam pelo transporte até o local indicado. Mas esse serviço, sim, tinha uma taxa. Taxa de entrega, ele explicou.

Paramos diante de um retângulo branco, que se erguia uns dois palmos do chão. Não vi portinhola alguma. Talvez, ao telefone, o homem tivesse se enganado. Não havia placa também. Formigas escalavam a parede lateral. A tiririca crescia numa das juntas do reboco. O homem autorizou. Não foram precisos nem três golpes. A massa se rompeu que nem biscoito.

Fez sinal para que eu me afastasse. Recuei um passo, mas espichei o pescoço. Lá dentro, uma sucessão de sacos pretos se perfilava contra a parede. A parentela toda. O homem pronunciou em voz alta o nome de meu pai e debruçou-se para conferir as etiquetas. Ergueu o terceiro saco. O velho encolhera: cabia num embrulho de plástico. O homem examinou. Estava coberto de grãos de areia e cal, mas não rasgara. Olhei os cinco ou seis volumes restantes. O pai andara apertado naqueles últimos tempos.

Na sala da administração, o homem se desculpou. As caixas de plástico tinham acabado e a nova remessa não chegara. Abriu uma folha de papel pardo e fez o pacote. Cortou uma ponta do barbante que antes amarrava os talões e deu o nó. Eu conhecia o crematório? Uma construção moderna, de concreto aparente, entre o matadouro e a fábrica de vidro. Estendi a mão para o pacote que se equilibrava precário, sem apoio. Não pediu sequer meus documentos. Quem iria ao cemitério reivindicar um morto que não era seu?

Para mim, a cidade sempre fora uma faixa de areia cinza que mudava de tom em direção ao mar. No morro em frente, as letras brancas de um anúncio de leite, e ao lado dois enormes ponteiros marcavam as horas. Perto da calçada, a areia queimava os olhos e os pés, passando depois por todas as variações climáticas intermediárias: era morna e cheia de morrinhos debaixo das esteiras; dura e coberta de bitucas, ali onde os adultos riscavam as quadras de tamboréu; áspera, brilhante e fria, na beira d'água.

No grosso era areia batida que se cobria aos sábados e domingos de milhares de saquinhos de polvilho, copos de plástico, garrafas de cerveja, brinquedos destocados, restos de jornal, vidros de loção, chaves, isqueiros, cortadores de unha, alianças e mais um sem-número de objetos que aproveitavam o fim de semana para trocar de dono.

Segunda-feira os tratores revolviam aquela crosta, juntando tudo em altos morros de areia suja, de onde despencávamos cima abaixo num pulo, até alguém torcer o braço ou ferir o pé numa lasca de madeira ou de vidro.

O pai não habitava essa parte da cidade. Seu lugar era do outro lado do túnel, numa barafunda de ruas estreitas em que se aglomeravam bancos, casas de câmbio e comércio, escritórios de contabilidade, galpões de torrefação, lojinhas de carimbo e centenas de oficinas miúdas instaladas no térreo das casas. Dominando a região, erguia-se o prédio da Alfândega, abarrotado de arquivos, arrotando um dialeto de corretagens e comissões.

Pisei a calçada com o embrulho na mão.

Um renque de sobrados se estirava do outro lado da rua. Por uma porta entreaberta viam-se pedaços de corredor e uma escada trêmula, roída de cupins, que devia subir para os quartinhos abafados, onde se apinhavam famílias inteiras e mulheres.

Na esquina, rente ao muro do cemitério, um homem de cócoras raspava alguma coisa no chão. A boca aberta, o corpo dobrado. Nenhum som. Volta e meia, a cabeça tombava. Uma menina de dez, onze anos, esperava quieta — como se o homem fosse um membro da família que ela tinha, por obrigação, esperar. Mas a menina tinha pressa e estendeu o braço. Tentou que o homem se levantasse. Mas o homem era um traste. Na calçada em frente apareceu a mulher, barriga saltada entre a blusinha e o shorts, xingou um palavrão. O ar aparvalhado não saía da cara do homem. Debruçado na sacada de uma pensão, um outro aplaudiu a cena. A mulher deu um safanão no tio, no marido ou no irmão. Este só dobrou um pouco mais os joelhos — a boca aberta, nenhum som. O que ele não parava de raspar (pude ver quando passei a seu lado) era um relógio.

No final da rua, a quadra do cemitério desembocava num pequeno canal. O filete de água seguia ralo até alcançar a bacia do Mercado, onde se alargava. Os sobradinhos recuavam, dando lugar a imponentes palacetes, rodeados de edifícios de três e quatro andares, enfeitados com o que parecia ser arremedos de cornijas, ramalhetes, capitéis. Mas todo risco organizado, todo volume contente de si mesmo, já caíam aos pedaços em remendos de madeira, papelão, isopor.

Ao redor do Mercado a praça fervilhava. Uma infinidade de pessoas e animais circulava no meio de engradados e sacos de lixo. Ninguém percebia. Filas engrossavam e diminuíam diante das catraias, no trânsito entre a cidade e as ilhas. Na mercearia do grego um grupo de homens jogando cartas em cima de caixotes falava alto. Duas meninas estacaram um segundo a meu lado dividindo o peso das sacolas. Ninguém percebia. A poucos metros dali, uma mulher cozinhava num latão de óleo, amparada na solidariedade turva dos bêbados da calçada. Mas havia uma guerra. À minha frente um velho amarrou a camisa no selim da bicicleta. Homens sobre caixotes jogavam alto na mercearia defronte. E ninguém percebia. As filas rodavam a toda num carrossel do outro lado da praça. Ninguém percebia. Havia uma guerra e ninguém fora avisado. As crianças continuavam chutando bola entre os bichos. Os homens gritavam sacolas gordas. Os bêbados balançavam à toa um latão de óleo no meio da calçada. Ninguém percebia — mas aqueles tinham sido os quarteirões escolhidos. Os quarteirões pelos quais ninguém moveria um dedo. Porque havia uma guerra. E não seria preciso gastar nenhum centavo. Nenhum tiro. Havia uma guerra e os da praia já não se importavam com o que se passava do outro lado do túnel. Melhor assim. Melhor deixar que o centro se tornasse só mais um subúrbio. Mais um sórdido subúrbio de poeira na cidade. Melhor aplaudir a transformação silenciosa da praça de comércio em praça de guerra e deixar que as casas os homens as mulheres se desfizessem ali mesmo como sacos de farinha esquecidos ao relento. Bastava deixá-los ali — nos casarões sem parede e sem telhado, consumindo a água contaminada dos canais, vivendo como podiam seus últimos momentos de ócio na modorra das onze horas. O sol, as chuvas, os calores, os mofos, os esgotos, as seringas e os insetos fariam o resto.

Quis tirar o pai dali.

Alguma coisa devia ter sobrevivido do centro antigo. Eu lembrava de pátios cheirando a café e maresia. De paredes descascadas, com bolhas de umidade e sal e tufos de samambaias brotando das fendas dos azulejos. Volta e meia baforadas de óleo quente subiam da calçada. O sol fermentava. Busquei abrigo numa calçada estreita que lembrou os fundos do escritório do pai. Uma janela-balcão pendia sobre a rua. Eu lembrava da rua e da cal que queimava os dedos do menino, a mão espalmada atritando os muros. Lembrava de calçadas sinuosas, com pedras pretas e brancas como ondas. Mas os mosaicos tinham sido trocados por bloquetes de cimento e os paralelepípedos, tapados por uma manta de asfalto. Um cheiro de azedume subia da sarjeta. Na esquina, topei com vestígios de trilhos de bonde. O asfalto não recobria inteiramente os sulcos e deixava à mostra duas pequenas ranhuras paralelas, que acumulavam folhas e um pouco d'água. Tomei esses riscos como um rumo e andei à solta, pesando apenas o embrulho que levava debaixo do braço.

O pai sempre fora severo e cinza — mas de uma variedade tão grande de cinzas que estes acabavam matizando tanta severidade. O cinza quase negro do guarda-chuva no antebraço; o cinza listrado dos ternos no guarda-roupa; a luz cinza na vidraça de seu escritório. Nas estantes, as latinhas cinza-prata cheias de grãos prestes a cruzar a cidade, de mão em mão, enquanto dentro das pastas, das gavetas, dos arquivos, dos armários, cresciam cinzas dos envelopes vencidos, das cartas sem destinatário, das armações de óculos dadas como perdidas.

Mesmo em casa, toda uma coleção de cinzas lotava seus bolsos: bilhetes de loterias passadas; anotações feitas às pressas em minúsculos pedaços de papel; nozes de quatro bicos escondidas com esmero no meio de um par de meias; abotoaduras imprestáveis dentro de um lenço novo. No seu armário, aparelhos de ginástica envelheciam sem uso e maquinetas velhas conservavam-se indefinidamente — como se ao pai fosse dolorido romper o selo das coisas que um dia não tiveram dono.

Por que o pai não subira a serra conosco, mas teimara em ficar ali, na cidadezinha apodrecida? Saíra da casa ampla em que morávamos para se meter num quartinho desenxabido do centro, longe de rodas, amigos, parentes. Naquela época eu não sabia se o pai tinha motivos, mas lembrava da mãe pelos cantos, repetindo nomes como um castigo — Flor, Ana, Isabel. Nomes como castigo.

O sol fermentava. Eu seguia às cegas ao longo dos muros, dobrando onde pressentia o sulco dos trilhos. Pensava apenas em distrair a memória do pai, seus ossos dentro do saco, e cheguei a rir de nós dois (um que já findara, outro que nunca chegara a começar) zanzando a esmo pela cidade. Mas era mesmo a cidade? Ou era outra, fora de todo alcance e memória?

Na hora da mudança, ajudei a despachar os embrulhos para dentro do caminhão. Na casa, lembro que ficamos eu, a mãe, o irmão. E os vãos: os fundos das gavetas, os intervalos entre a madeira e a alvenaria, as ranhuras das tábuas no piso. Mesmo onde não havia sinal de mobília, algum fiapo de memória podia ter caído, que nos acusaria para sempre. Vasculhei fundos de armários. Topei com portas que nunca soubera que existiam. Dei com estantes e prateleiras entulhadas de recortes de jornal. Encontrei potes com gomalina e infusões de salicínia, caixas de azulejos quebrados, dezenas de elásticos enovelados no fundo de uma gaveta.

Os trilhos davam uma guinada brusca diante do grupo escolar. Os paralelepípedos tinham sido removidos e se amontoavam em pequenas pilhas na calçada. O asfalto ainda não chegara e um cavalete amarelo sinalizava a obra em andamento. A sombra de uma mangueira escondia parte do muro. Era ali. Quase a esquina: Floriano com Isabel. Eu podia jurar. Ali. Entre o auto-elétrico e uma loja de sofás, as duas casinhas geminadas. A da esquerda, com janela de folhas duplas, era a do pai. Ele me viu e voltou o rosto para dentro, como se dissesse alguma coisa. Mas disse? O rosto sumiu no retângulo da janela e reapareceu na porta. O guarda-chuva num dos braços, ele desceu os degraus e me tomou pela mão. O pai mancava.

A mãe chamara um táxi de véspera e não falou quase nada durante toda a viagem, o nariz um pouco mais estreito que de costume. Mal entramos na cidade, ela deu um jeito de descer, pôs um papel na mão do motorista e mandou o táxi seguir. O pai chamara? Ou a mãe tinha me enviado só para espiar?

Lembro pouco daquele último passeio. Junto de umas mulheres pintadas, que riram do meu tamanho, ele mentiu a minha idade. Depois ficamos um bom tempo olhando uma vitrine com anzóis e iscas e peixes desenhados na parede. Subimos de bondinho o morro de areia que divide a cidade ao meio. O carro subia aos solavancos, puxado pelo peso de outro vagão, idêntico, que descia. No meio do trajeto, quando parecia que iam trombar, desviavam um do outro num susto.

Lá em cima, o dedo no ar, o pai foi apontando os prédios, as ruas, os canais, as embarcações. Eu mal distinguia. Dali de cima a cidade parecia um emaranhado de figuras indecisas numa folha de papel amassado. Daí o pai mostrou o mar — o grande espaço liso e claro e aberto do outro lado da cidade — e como o mar, o mesmo, se apertava para passar entre a praia e o morro e ir pouco a pouco fazendo uma curva, até se estreitar em cais, canal e porto. Eu não entendi como o mar — que era um — podia estar dos dois lados de uma cidade tão diferente.

O pai não explicou. Ele também não me via há muito tempo.

Quis sair dali.

Esquina de Floriano com Isabel: a casa. O pai não estava lá. O pai estava comigo dentro do saco na minha mão. A casa estava lá. Ela não se esfarelara feito massa de biscoito. Os ossos dentro do plástico. Ela estava lá. Não quis bater. Quem moraria?

Eu estava cansado.

Quis parar. Beber. Largar o pai em qualquer canto.

Procurei uma rua com gente conversando, carro, rádio, caminhão. Andei quarteirões sem pensar em nada.

Entrei no bar.

O corpo parecia não ter mais do que dezesseis, dezessete anos. A pele branca com pintinhas nos braços e no pescoço. Mas era magra, cheia de arestas no modo como se debruçava sobre o guaraná. Mal bebia. Os olhos escoltavam as bolinhas de gás que subiam agarradas à parede do copo. Cada bolha, um peso que se desprendesse lá do fundo. Então senti uma vontade estúpida de trepar. A moça. Os ossos. A espuma do copo. Trepar. Acenei com a garrafa.

Subimos uns degraus com o corrimão de ferro caindo aos pedaços. No centro da sala, um vaso com vivas rosas de plástico. Atrás de um balcão, sem tirar os olhos da tv, um menino ergueu duas latinhas de cerveja. Dois e cinqüenta cada. Adiante, o corredor e a fileira de portas. A moça entrou no terceiro quarto. Uma lâmpada vermelha acendeu no teto do corredor.

Ajeitei o pacote e as roupas em cima da cadeira. Com o pé, a moça puxou uma bacia de baixo da cama; de costas, curvou-se sobre o alumínio e junto com o mijo subiu o barulho de lata velha. Então abriu a janela e, inclinando a bacia, verteu o líquido num corredor estreito, a céu aberto. Meteu dois dedos num pote de creme e sumiu com eles no meio das pernas.

Entre o segundo e o terceiro lance de escadas, sobrara um espaço sem razão, resto de alguma reforma não prevista na planta de origem. Arranjaram-lhe um uso criando um armário esdrúxulo, que se prolongava no corpo da casa uns dois a três metros, como um túnel suspenso que não desembocava em lugar algum. Ali dentro nos entocávamos horas a fio, eu e o irmão, mergulhados no escuro, rodeados por baldes, vassouras, panos de chão e o aspirador de pó.

Pouco acima de nossas cabeças, do outro lado da parede, ficavam os grandes armários do corredor, com as estantes de sapatos arrumados em fila — à esquerda os do pai, à direita os da mãe. Nas prateleiras de cima, os vidros de remédio de castigo dentro das caixas e, mais alto ainda, de modo que as crianças nunca podiam alcançá-los sem a ajuda de um adulto, os álbuns de fotografia com dezenas de rostos enfileirados em família.

Ali dentro daquele poço, perdidos no esconde-esconde, os olhos fechados, nos deixávamos ficar. E como numa caixa de ressonância, os latidos do cachorro, os ruídos da sala e da cozinha, as vozes abafadas nos quartos, passos estalando no corredor, maçanetas girando suas agulhas de metal dentro das portas, dedos no corrimão, pés que se demoram num degrau, conversas a meia-voz entre um e outro andar e o barulho da água correndo nos canos, caindo nos pratos, transbordando nas pias, sumindo nos ralos — todos esses sons escalavam as paredes, infiltravam os tijolos, a massa, o cimento e, transformados em ecos, vinham rebentar ali, dentro de nossos ouvidos, rente ao reboco.

Quando saí já não importava se o pai tinha traído ou não. O sol queimava o topo dos edifícios e as ruas espanavam a modorra da tarde. Caminhei de volta até o cemitério à procura do carro. No meio do quarteirão, pus a cabeça na porta de um grande armazém. A escuridão era tanta que todo o seu interior parecia escavado numa peça única de carvão. Varando as telhas em linha reta, a luz recortava tesouras, vigas, caibros, esteiras, polias, roldanas e carregadores que, cobertos de pó, preparavam os sacos para embarque. Pela primeira vez enxerguei, na penumbra daquele armazém, o destino dos grãos que o pai trabalhava: o sono abafado nos galpões, o equilíbrio na ponta dos guindastes e o mergulho, longe do ar e da luz, no oco dos navios, antes de virar sumo de bebida do outro lado do mundo.

Fora, entre a porta do armazém e o muro do prédio vizinho, avistei um pedaço de cais. Durante toda a minha vida os navios tinham surgido por trás do morro, cortado o mar à minha frente e sumido sem explicação na curva do canal. Agora estavam ali, ancorados no porto, os cascos enormes de aço, à espera. Debruçado na amurada, um marinheiro olhava a cidade indiferente, quando o apito de um cargueiro zuniu dentro da tarde.

Deixei para trás a avenida portuária carregada dos cheiros de borracha, óleo e café queimados e fui me guiando pelas placas de trânsito, atravessando as ruas do centro. Na entrada da cidade, dobrei à esquerda. Passei por terrenos abarrotados de containers, um supermercado, e tentei me lembrar do caminho para o antigo matadouro — mas uma avenida nova, recém-asfaltada, me interrompeu. Esperei num semáforo. Dei duas voltas no quarteirão. O que o homem dissera mesmo? Vi um desmanche de auto-peças e grandes postos de venda por atacado. Tomei à direita. As ruas diminuíram de tamanho, surgiram casinhas baixas com grades de ferro e um segundo andar de madeira se equilibrando sobre o primeiro inacabado.

Um menino lavava o chão. A água saiu do balde, mal empoçou e se pôs a correr na guia esburacada. Cem metros adiante, caí nas antigas ruas de terra, com valas de ambos os lados. Impossível dirigir em linha reta. Cheiro ácido de esgoto. Se as ruas eram tortas, a água pelo menos tinha direção. À medida que o carro afundava nas vielas, as valetas cresciam e a água e o lixo corriam em maior volume. Logo os regos juntaram os cursos num riozinho largo. Pontes de pau cobriam a distância entre a rua e os barracos. Alguns tinham canoas acorrentadas no trinco da porta. Deixei o carro num pequeno largo. Dez metros adiante, dei com o rio.

No trapiche, um menino descia uma cesta com tripas e miúdos na água escura. Lodo. Um biguá em cima de um toco mordiscava uma minhoca. Olhei em volta — as palafitas se alastravam pela beira do estuário. Então era ali que a cidade começava. O lado de dentro do mar. O cordão de água que ligava o porto ao porto, a boca de uma praia a outra praia, a rede infindável de canais que variavam terra adentro, atrás da cidade, ao pé da serra.

O menino subiu a cesta, meteu mais um pedaço de carne e baixou a linha. Ao lado, um bote de alumínio.

Perguntei pelo dono.

Era ele.

Se alugava?

Doze a hora.

Escorei o saco de ossos na proa, me ajeitei sobre um rolo de cordas e meti o remo na água. Um cachorro latiu da margem. O menino puxou o cesto com uma coisa viva cheia de patas. O lodo escuro e pastoso inchava as bordas do rio. No meio, a água se espichava — cinza e sempre: sumia atrás de uma ilhota, voltava; por todo canto, era sempre a água, dando voltas na minha frente passando por baixo das pontes dos barcos dos atracadouros escalando os degraus de pedra invadindo as sarjetas as calçadas metendo sua língua de água pelos canos tubos descargas e voltando mais tarde pelo meio das ruas empapando a areia o cimento o tijolo até se infiltrar na madeira dos postes para vazar depois entre as raízes do mangue nas frestas estreitas de um covo — até que a cidade desapareceu por completo. As árvores cresceram, caranguejos nos troncos. A água dobrava, dobrava o lodo, dobrava os galhos, dobrava as raízes, dobrava. O som do remo, feito uma pá. Quarenta minutos depois alcancei um largo de águas lisas e baças. Atrás de mim, o canal do porto se alongava no grande entreposto de petróleo. Adiante, para o lado da serra, as bocas de muitos rios. Uma delas devia dar em São Vicente; outra, por uma rede de canais, na Bertioga. Ali no meio, entre essas duas, entroncavam-se as marés —

as correntes salgadas, do mar aberto, e as águas caladas do fundo do estuário.

Longe, quase pegando a outra margem, um caiçara de pé sobre a canoa jogou a tarrafa. A maré subia ou vazava? Meti o remo na água e fui cavando, cavando devagarinho para dentro do lagamar.

Soprou vento frio. Larguei o remo, afundei o rosto no rolo de cordas. A maré encheu. Deixei que a água nos guiasse. Passamos por baixo de uma ponte de concreto — vi faróis cortando as árvores. Acordei escuro. Algumas luzes riscavam a distância num traçado irregular. Fiquei um bom tempo assim parado, em ponto-morto. O corpo mergulhado no oco do barco. A água ciscando o alumínio do casco. A massa escura à minha frente bem podia ser uma copa de árvore, o começo de um morro. Ouvi barulho, estalidos secos. De pouco em pouco, uma bolha de ar subia e rebentava na superfície do mangue. Quando veio o sono, meti os dedos naquela pele de plástico e fui alargando o rombo. Com um palmo de largura, virei a boca para baixo e ouvi uns sons, uns quatro ou cinco sons, só, como um sussurro, um gole no escuro.

E os ossos baixaram — no mesmo lodo de onde surgiram num dia de 1914.

SOBRE O AUTOR

Alberto Martins nasceu em Santos, em 1958. Formou-se em Letras na Universidade de São Paulo em 1981 e nesse mesmo ano iniciou sua prática de gravura na ECA-USP, passando a se dedicar à xilogravura e, mais tarde, à escultura. Publicou *Poemas* (Coleção Claro Enigma, Duas Cidades, 1990), *Goeldi: história de horizonte* (MAC/Paulinas, 1995, que recebeu o prêmio Jabuti); *A floresta e o estrangeiro* (Companhia das Letrinhas, 2000); *Cais* (Editora 34, 2002) e *Café-com-leite & feijão-com-arroz* (Companhia das Letrinhas, 2004).

Este livro foi composto em Minion
pela Bracher & Malta, com
fotolitos do Bureau 34, e impresso
pela Bartira Gráfica e Editora em
papel Pólen Bold 90 g/m², da Cia.
Suzano de Papel e Celulose, para a
Editora 34, em junho de 2005.